Wilhelm Rudnigger · In die Stern gschaut

Wilhelm Rudnigger

# In die Stern gschaut

für Mandlan und Weiblan

Lustige Gedichte rund um den Tierkreis
Mit 12 Farbbildern nach Originalpuppen
von Elli Riehl

Carinthia

Umschlaggestaltung: Otto Neumann
Gesamtherstellung: Graphischer Betrieb Carinthia, Klagenfurt
Printed in Austria
ISBN 3-85378-083-0

# Inhalt

# Waage

24. September bis 23. Oktober

## Das Waagemandl

In deinar Nacht
und in dein Tag,

da hängt a
unsichtbare Waag

und de tuat dir
dei Los bemessn

und gar nix, nix
werd da vargessn!

Dei Glück, dei Freid,
dei Lebensfrist;

dei Amt, zu dem du
ausgsuacht bist;

dei Grüan, dei Weiß,
dei Grau, dei Blau:

Alls is dir zuagwogn
ganz genau –

und bettlst noch so
hin und her,

du kriagst davon
kan Deka mehr!

## Das Waageweibl

De Waag, de is
für jedes Weib

bald Ärger und bald
Zeitvartreib.

Und schlagt da Zager
grauslich aus,

dann macht sie tamisch
'’s ganze Haus!

Es paßt ka Kladle
mehr vom Kastn:

„U Gott, u Gott,
hiatz muaß i fastn!“

I aber man: Bleibts,
wia dös seids!

Ah „starke“ Fraun
hamb senern Reiz!

Dös Weiber, hörts
mein guaten Rat:

Es is um jedn
Kilo schad!

# Skorpion

24. Oktober bis 22. November

# Das Skorpionmandl

A armer Teifl
is er schon

im Tierreich drin:
da Skorpion!

Werd er von aner
Gfahr bedroht,

dann sticht da Tepp
sich selbar tot!

Hast aber du das
Tierkreiszeichn,

sollst du von der
Methode weichn!

Der Stachl is
dir zuageteilt,

doch handl niamals
übereilt –

denk dran, wia tapfer
Helden seind,

und richt den Stachl
gegn dein Feind!

## Das Skorpionweibl

Die ane Tatsach
wiß ma schon:

An Stachl hat
da Skorpion!

Derwegen is es
anzunehmen,

daß ah die Weiber
an bekemmen,

de als Skorpion ins
Lebn seind gschloffn.

Hiatz bleibt nur noch
die Frage offn,

w o dege Weiber
allzusamm

den Skorpion sein
Stachl ham?

Die Altn ham ihn
wia die Jungan –

i hoff halt sehr:
nit auf da Zungan!

# Schütze

23. November bis 21. Dezember

## Das Schützemandl

Soll jedar Schuß
vom Schützn taugn,

dann braucht er
guate, scharfe Augn

und noch dazua
a sichre Hand –

ob bei der Jagd,
ob aufn Stand!

Und ah das Gwehr
mit Korn und Kimmen,

das muaß nach jedar
Richtung stimmen!

Ah soll sich
jedar übarlegn:

Wer jagen will,
der muaß ah hegn!

Und denk bei Nacht
und bei da Liachtn:

Wer schiaßt, derf sich
vurn Knalln nit fürchtn!

## Das Schützeweibl

Ans werds ös mir
bestätign müaßn:

Zu aner Frau, da
paßt ka Schiaßn!

Es is zwar in
dar heitign Zeit

so manches Weibsbild
gern bereit,

im Denkn wia
in den Gefühln

und im Beruf
an Mann zan spieln!

Ka Wunder, daß sie
ah aufs Ziel

so manchn Schuß
abgebn will!

Dar schönste Schuß,
so kummt mir vor,

das war für sie
a „Schuß" Humor!"

# Steinbock

22. Dezember bis 20. Jänner

## Das Stanbockmandl

De Stanbockmandlan
fühln sich ring

und machn gern
gewagte Sprüng,

ganz obm am Berg,
auf Grat und Fels,

und drahn am liabstn
senre Häls

nach flinkn Weiblan,
gschmachig fein –

(dö müaßn kane
Stanböck sein!).

Solang se wild sein,
fesch und jung,

is jedar Sprung
a Freudensprung!

Da letzte Sprung
kummt amol doch:

Der Sprung ins
harte Ehejoch!

## Das Stanbockweibl

Die Stanbockweiblan
muaß ma lobn:

Se hambt an groaßn
Drang nach obn!

Im Alltag, in
da Niedarung,

da kumman se nit
recht in Schwung.

Sie wolln lei aufe
auf die Höh,

furt von da Bamgrenz,
bis zum Schnee,

der obn liegt
das ganze Jahr;

durt is das Lebn
wundabar!

Für dege, de a
solche wolln,

is es oft schwer,
sie aberzholn!

# Wassermann

21. Jänner bis 19. Februar

## Das Wassermandl

Kummst du als
Wassermann zur Welt,

dann seind schon
deine Weichn gstellt:

Nit, daß du di
hiatz dreinvabuhrst,

daß du lei Wasser
trinkn muaßt –

na! Dei Charakter,
der soll fein,

so klar wia
Quellnwasser sein!

Und tua (auch als
ein völlig Nasser)

nia einen leeren
Schlag ins Wasser!

Und denk: Wer sich
nit schwimmen traut,

tuat guat, wann er
a Bruckn baut!

## Das Wasserweibl

Die Frau im Zeichen
„Wassermann“

is glücklich, wann sie
tschentschn kann.

Sie findet, wenn sie
plaudern will,

bestimmt a Wasser
auf ihr Mühl.

Und wann ihr
Mühlenradl kleppert,

daß rein die ganze
Mühlstubn tscheppert,

dann wachst sogar
ihr Redeschwall

und werd als wia
a Wasserfall!

Und nur a Held
von einem Mann

derdraht ihrn ab
den Wasserhahn!

# Fische

20. Februar bis 20. März

## Das Fischmandl

A Fischmann hat
zu alle Zeitn

an ganz an Haufn
Möglichkeitn.

Er kann a fettar
Goldfisch sein

(den fangt dann leicht
a Scheane ein) –

Wann er im Amt sitzt
hintarn Tisch,

dann is er halt
a Tintnfisch.

Und oft (was brauch i
zan derzähln!)

is er a flotte
Flußforelln!

Am liabstn aber,
sag i euch,

is er da Hecht
im Karpfnteich!

## Das Fischweibl

A Fischweib, das
derhalt ka Zwinger:

Es rutscht dir leicht
durch deine Finger!

Willst epper zu
an Fischweib kemman,

dann muaßt a guate
Angel nehman,

mit recht an feinan
Ködar dran!

Weil aus an N e t z
schwimmts dir davon!

Das haßt: tuast du
an Ehring eine,

dann werd das Fischle
leicht das deine,

weil nacher Ernst werd
aus der Hetz!

Mit d e m Trick kriagst
es leicht ins Netz!

## Widder

21. März bis 20. April

## Das Widdermandl

Da Widdermann is
(ah von „ihrn“)

fast übarhaupt nit
zan dressiern!

Mit Eignsinn
rennt dieser Wedl

sich ehnder ein
den eignan Schädl,

bevor er zuagibt
dann und wann,

daß ah a andrer
recht habn kann!

A Weibsbild fangt
ihn schwerlich ein;

und wenn, baut sie
am bestn Zäun' –

vielleicht werd er
sich haltn lassn

und niammer
„drüberauße“ grasn!

## Das Widderweibl

A Weibl mit zwa
Widderhörn'

siehgt niamals nit
a Mannsbild gern.

Er hat davor
an groaßen Graus,

daß er sie nahmat
in sei Haus.

Er waß, was ihm die
Uhr dann klockt:

Weil, wann sie
„widder"spenstig bockt,

werd sie gach wild
und senkt ihr „Haupt".

Bevor er 's dann noch
zsammderklaubt,

rennt sie voll Zurn
und Unverstand

ihm mitn Schädl
durch die Wand!

# Stier

21. April bis 20. Mai

## Das Stiermandl

A „Stier"-Mann is
(das is bekannt)

im Grund mit aner
Kuah vawandt.

Doch is der Stier
noch schlechter gstellt,

is er 's im Hinblick
auf das Geld!

Er spielt im Gasthaus
ohne Glück,

sitzt nacher da mit
stiern Blick,

schaut in sei Taschl
ohne Geld,

werd rot und blaß
(der arme Held)

und stoßt dann nur
den Seufzer aus:

„Leut, i bin stier,
i geh hiatz z'Haus!"

## Das Stierweibl

A Weib kann doch ka
Stier nit sein?

Abr, bitte! In die
Stern stehts drein

und 's haßt ja doch
auf Schritt und Tritt:

De Stern, de lüagn
niamals nit!

A Stier hat oft
an Nasnring!

Die Frau hat aber
sege Ding

viel liaber aufn
Fingar dran:

Ihr Sinn geht allwal
nach an Mann!

Und hat sie endlich
an in Haus –

wann d e r a Stier is,
machts nix aus!

# Zwilling

21. Mai bis 21. Juni

## Das Zwillingsmandl

Das Lebn is a
murds a Luader,

da hat schier alls
an Zwillingsbruader:

De Sunn den Mond,
de Nacht den Tag,

de Liab den Haß,
de Ruah de Plag!

Und ah in dir drin,
Tag und Nacht,

seind viele Sachn
dopplt gmacht:

Nachts tuast du schlafn,
tagsum wachn –

gach wanst und tuast
bald wiedar lachn!

Das löst sich ab
zu jeder Frist –

sei froh, daß du
a Zwilling bist!

## Das Zwillingsweibl

Das Zwillingsweib soll
(ohne Lüagn)

von mir aus alles
doppelt kriagn:

Den guatn, reinan
Tugendsinn

und ah de Freid
im Herzn drin –

genauso 's Glück
und (richte wahr!)

mangare ah die
Lebensjahr –

wia i ah nix
dagegn hätt,

wann sich ihr Geld
vardoppln tät!

Ans aber war
mei groaße Bitt:

Nur jaa ka zweites
Mundwerch nit!

# Krebs

22. Juni bis 22. Juli

## Das Krebsmandl

Wann du als Krebs
zur Welt kemm bist,

dann denk dran, daß
mit Hinterlist

dir 's Lebn nach dem
Lebn trachtet!

Und hast du nit
das Glück gepachtet,

dann fischts di flugs
aus dein Gewässer!

Drum is für di
de Vursicht besser,

sunst liegst bald
nebn Fleisch und Fisch

am reichgedecktn
Schicksalstisch

und werst zu dein
Vardruß und Kummer

a rotgesottner
Speisehummer!

## Das Krebsweibl

Das Krebsweib hat,
um sich zu wehrn,

zwa ohne Zweifl
scharfe Schern.

De ane Liab,
de andre List!

Und wann du
unvorsichtig bist,

dann schnappn de zwa
Schern fest zua –

dann bist erledigt,
liaber Bua!

Dei Freiheit is
grad durch de Mittn

durch de zwa Schern
vanondargschnittn.

Dann zapplst lei mehr
hin und her . . .

Das Hintrischgehn
nutzt ah nix mehr!

## Löwe

23. Juli bis 23. August

## Das Löwnmandl

Das Mandl bei
die Löwn is

viel scheaner wia
das Weibl, gwiß!

Man merkts ja schon
beim Fedarvieh,

daß e r da Scheanre
is wia s i e !

Doch Schönheit ohne
Kraft is zwenig –

du brauchst schon mehr
zan Wüstnkönig!

Wann sich (als Murdstrumm
Haupteslast)

a Mann a Mähne
wachsn laßt,

so stehts wohl fest
und is ganz gwiß,

daß der noch lang
ka Löwe is!

## Das Löwnweibl

Wann se ah ohne
Mähne send,

so hamb se trotzdem
scharfe Zähnd!

Und scharfe Kralln,
de hamb se ah –

und ganz an scheanan
lautn Schraa!

Die „Löwin“ tuat
am liabstn knurrn;

doch, wann se will,
kann sie ah schnurrn.

Der Mann, der eine
„Löwin“ nimmbt,

der gwöhnt sich an die
Zähnd bestimmbt.

Er is schon froh,
wann beim Gebiß

ka Kepplzahnd
dazwischn is!

# Jungfrau

24. August bis 23. September

## Das Jungfraumandl

Ban erschtn Blick
gehts dir nit ein:

Wia kann a Mann
a Jungfrau sein?

Ob evangelisch,
ob katholisch:

Er is es schließlich
lei symbolisch

und hinter seiner
Jungfernzeit

beweist er stolz
sei Männlichkeit.

Er zagt sich gern
stark wia a Trakter

und is bloß Jungfrau
im Charakter!

So ziahgt ihn ah
sei Sternbildsinn

ganz bsunders stark
„zum Weibe“ hin!

## Das Jungfrauweibl

Ja, sege Weible
hats wohl guat:

Ihrn liegt die
Jungfernschaft im Bluat.

Sie kann, wann ah
Gerüchte kreisn,

ihr Jungfrausein
sofort beweisn.

Und treibts die dege
noch so wild,

verliert sie doch
durchs Tierkreisbild

und durch ihrn Stern
sei Zaubarmittl

zeitlebens nia
ihrn Ehrntitl.

Und seind zehn Kindar
ihre Erbn,

so werd sie doch als
„Jungfrau" sterbn!

## Gstatt aner Entschuldigung

Es haßt zwar, daß die Stern nit lüagn!
Tuats lei kan Zurn auf mi nit kriagn!

Die ganze Deutung war a Gspaß
mit Himmels-Tiern und senarn Kras.

So will i gern von Herzn hoffn:
Dös fühlts enk heiter, nit betroffn!